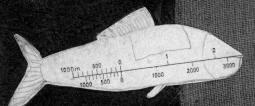

【關於作者】

海恩茲‧亞尼許（Heinz Janisch）

　　1960 年出生於奧地利布爾根蘭州的谷馨（Güssing），目前住在維也納和布爾根蘭州。曾在維也納攻讀日爾曼語文學系和新聞學系。1982 年成為奧地利廣播電台特約人員，並參與製作、主持節目。除了童書之外，也撰寫成人書籍。亞尼許認為書籍對小孩而言就像魔法袋，一打開就有無限的驚奇。他希望自己能寫出讓八歲到八十歲的讀者都愛看的書籍。

　　海恩茲‧亞尼許曾榮獲多項文學獎：1998 年以他當時的所有兒童文學作品得到奧地利兒童及青少年文學促進獎；2004 年和 2005 年分別以《送給我翅膀》（Schenk mir Flügel）和《幸運的耶米那先生》（Herr Jemineh hat Glück）得到維也納兒童書籍獎；2006 年以《阿公的紅臉頰》（Rote Wangen）一書得到波隆納文學類最佳童書獎，同年此書也獲得德國青少年文學獎提名。他的作品還有《安娜害怕的時候》（Wenn Anna Angst hat）、《在某些日子裡》（Es gibt so Tage...）、《在家裡》（Zu Haus）。

【關於繪者】

賀格‧邦許（Helga Bansch）

　　1957 年出生於奧地利史戴爾馬克州的雷歐本（Leoben），目前定居維也納。曾就讀格拉茲的一所教育學院，1978 年起在史戴爾馬克州的一所公立學校擔任教師。在受訓成為社工人員的期間，從和行為特異的孩子相處的經驗，她發現繪畫是作為自我表現的很好工具。從那時起，她開始用壓克力在紙箱或畫布上作畫、繪製童書、製作娃娃和木偶，並用砂岩、陶土和混凝紙創作。

　　賀格‧邦許認為藝術創作和小孩在她的生命裡佔有舉足輕重的地位，在她繪製童書的過程中，兩者得到了完美的結合。她和海恩茲‧亞尼許攜手創作了多本繪本。她的作品曾得過多項獎項的肯定，也入選過 2002、2003、2006 年波隆納國際童書插畫展。由她繪製的作品有《在某些日子裡》（Es gibt so Tage...）、《在家裡》（Zu Haus）、《班德太太和狗》（Frau Bund und Hund）、《麗莎想要一隻狗》（Lisa will einen Hund）。

一定要誰讓誰嗎？ DIE BRÜCKE

作　　　者 / 海恩茲‧亞尼許 Heinz Janisch
繪　　　者 / 賀格‧邦許 Helga Bansch
譯　　　者 / 侯淑玲 Shu-Ling Hou
總 編 輯 / 謝淑美 Carol Hsieh
責任編輯 / 吳宓蓉 Mijung Wu
美術編輯 / 吳侑珊 Phoebe Wu
校　　　對 / 謝淑美 Carol Hsieh
　　　　　　吳宓蓉 Mijung Wu

發 行 人 / 謝 祥
出 版 者 / 大穎文化事業股份有限公司
　　　　　（奧林文化事業有限公司關係企業）
地　　　址 / 10597 台北市南京東路五段 38-1 號 11 樓
電　　　話 / 886-2-2746-9169（代表號）
傳　　　真 / 886-2-2746-9007
奧林‧大穎讀享網 / http://www.olbook.com.tw
公司電子信箱 / alvita@olbook.com.tw
讀者服務信箱 / service@olbook.com.tw
劃撥帳號 / 19781392 大穎文化事業股份有限公司

總 經 銷 / 知己圖書股份有限公司
台北公司 / 10646 台北市羅斯福路二段 95 號 4 樓之 3
電　　　話 / 886-2-2367-2044
傳　　　真 / 886-2-2363-5741
台中公司 / 40768 台中市西屯區工業區 30 路 1 號
電　　　話 / 886-4-2359-5819
傳　　　真 / 886-4-2359-5493

初版一刷 / 2012 年 07 月 新台幣 290 元

ISBN: 978-986-6407-97-0

DIE BRÜCKE

一定要誰讓誰嗎？

文／海恩茲·亞尼許（Heinz Janisch）　　圖／賀格·邦許（Helga Bansch）　　譯／侯淑玲（Shu-Ling Hou）

大穎文化事業股份有限公司　出版

這條河流知道很多很多的故事，
不用說，它也知道這座大橋的故事了……

一天早上，
河的左邊走來一隻龐大的熊。

河的右邊也來了一個巨人。
熊和巨人都要過河，
他們得走過這座細細長長的橋。

熊ㄒㄩㄥˊ和ㄏㄜˊ巨ㄐㄩˋ人ㄖㄣˊ在ㄗㄞˋ橋ㄑㄧㄠˊ的ㄉㄜ˙中ㄓㄨㄥ間ㄐㄧㄢ相ㄒㄧㄤ遇ㄩˋ了ㄌㄜ˙。

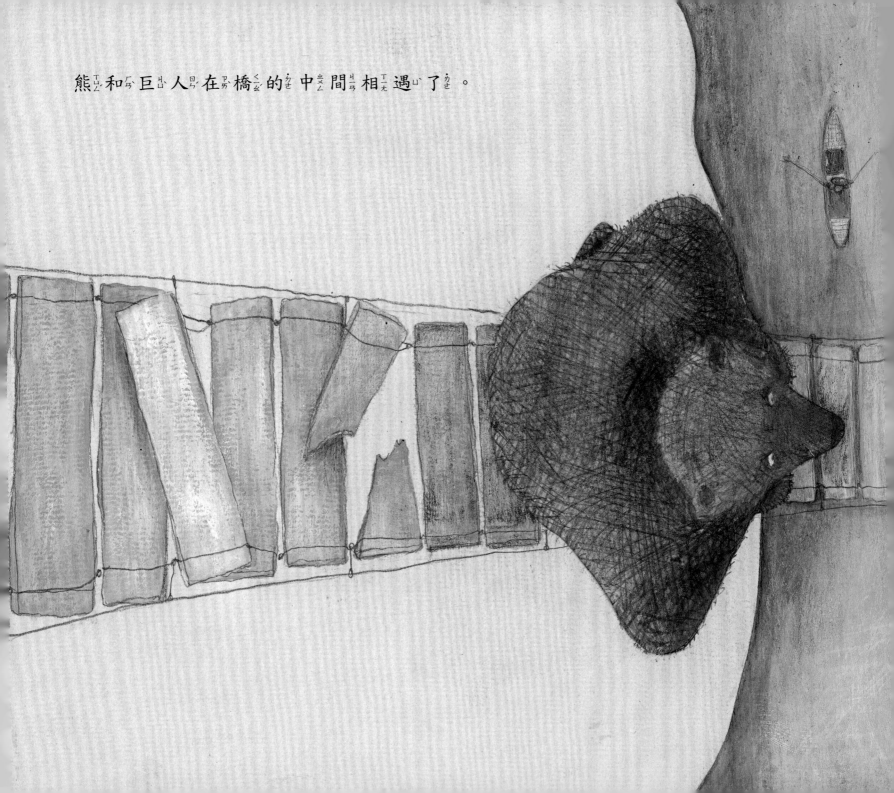

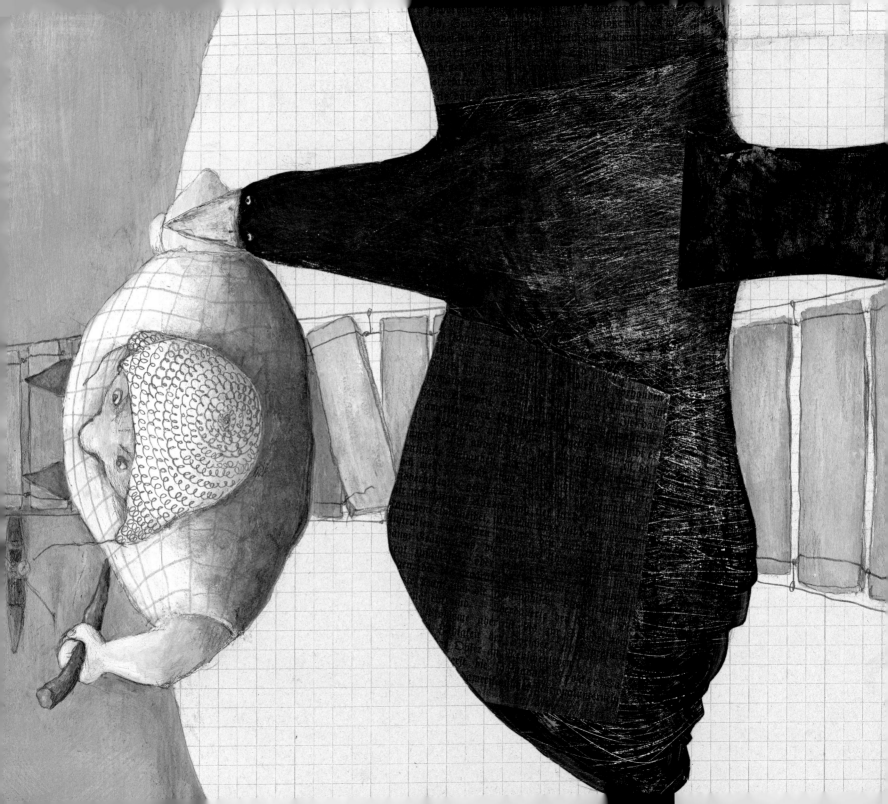

熊直直的站立起來，
搖搖頭， 低沉的怒吼著。
不， 牠才不要轉身回頭，
讓路給巨人。

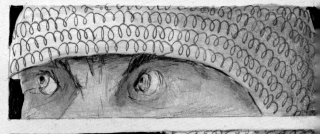
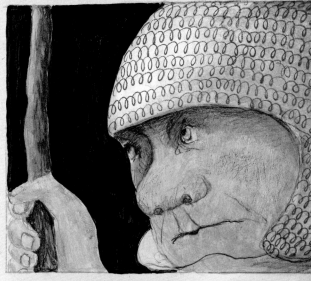
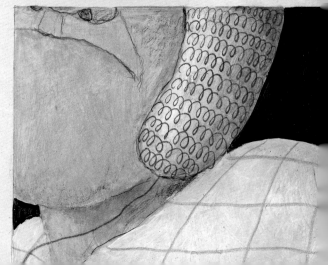

巨人站在原地，一動也不動。
不，他也不要轉身回頭。

這座橋實在太窄了，
熊和巨人要錯身走過去是不可能的。
橋晃得愈來愈厲害，非常危險。
「我們必須找到解決的辦法。」巨人說。
熊點了點頭。

「我想到一個辦法了。」
熊低沉的吼道，
「你可以跳進河裡，
讓我繼續往前走。」
「為什麼不是你跳進河裡！」
巨人大聲咆哮。
熊和巨人憤怒的看著對方。

巨人想了一會兒。

「你可以爬到我的身體上，
我再把你舉起來越過我的頭，
然後……」

「……然後我們兩個
一起掉下去。」熊接著說，
「這不是個好主意。」

「我想到了！」
巨人突然大喊。
他往前走近熊一步。
「我抱著你，
你抱著我，
這樣我們兩個都可以
轉身到另外一邊，
也不會掉下去。」
「贊成。」熊說。

熊和巨人緊緊的抱在一起，
一小步一小步慢慢的移動，好像是在跳舞。
他們每移動一步，就往自己要去的方向前進一點。

熊和巨人互相抱得緊緊的，
在河谷之間、高高的橋上，輕盈的滑動腳步。

終於，熊和巨人都到達了
他們要去的那一頭。
「謝謝你。」巨人說。
「也謝謝你。」熊回答。
熊和巨人友善的互相揮手說再見，
然後繼續前進。

這condtiáo條 河flheú流 知zhī道dào 很hěn 多duō 很hěn 多duō 的de 故gù事shì，
不bù用yòng 說shuō，它tā 也yě 知zhī道dào 這zhè 座zuò 大dà橋qiáo 的de 故gù事shì 了le。

新時代父母的教育智慧

奧林文化 & 大穎文化 總編輯 / 謝淑美 Carol

　　小的時候，我們都讀過黑羊白羊過橋的故事。

　　河的這一端有一隻黑羊要過橋，河的另一端有一隻白羊也要過橋，黑羊白羊在橋中央相遇，彼此擋住了對方的去路，誰也過不了橋。接下來的發展有兩個版本——一個是黑羊白羊都堅持自己要先過橋，要另一方退回橋頭、讓出路來，成全自己。互不相讓的結果是黑羊白羊大打出手，扭打著一起滾下河去，兩敗俱傷。另一個結局是黑羊白羊相互禮讓，有一方不怕麻煩的退回橋頭，成全對方先過橋，自己隨後再過橋，皆大歡喜。

　　我們這一代小的時候，民風純樸，家家戶戶雞犬相聞，人情味濃厚，即使是不識的路人，也還是心懷善意，以禮相待。大人們總是在講完黑羊白羊的故事後，期勉孩子要效法相互禮讓的那一組好羊，必要時，犧牲自己一些權益也無妨，退一步海闊天空。

　　後來，我們這一代當了父母。當我們再講起黑羊白羊過橋的故事時，雖然還是讚揚禮讓的美德，但同時也不免要面對身處自我意識高漲時代的孩子提問的：「為什麼是我要讓？不是對方讓？都已經走到橋中央了，再退回去很麻煩呢！而且，不只是退一步而已，要退好幾步呢！」

　　誰該退讓？愈來愈擔心自己的孩子過於軟弱、缺乏競爭力的家長，或許還要再考慮到「這是個事事都要為自己爭取權益的時代，一再的教孩子退讓，會不會終至令孩子失了競爭力？」

　　我們小的時候那個美好的純樸的有點傻氣的時代，那些對大人的話言聽計從的孩子們，已然隨風飄逝。新的社會形態與社會氣氛，令一個簡單的黑羊白羊過橋的故事跟著起了變化。當孩子提問：「為何讓的是我？」時，我們是選擇依循傳統的答案告訴孩子：「退一步海闊天空、吃虧就是占便宜。」然後在孩子想更進一步討論人我的權益分際時，斥責孩子自私；或者是我們選擇　　　　　　告訴孩子故事後，傾聽這些與我們不同世代的孩子的看法，　　　　　　分享自己的觀念　　　　　也聽聽孩子或許與我們不同的選擇，然後討論、辯　　　　　　　　　　證。我們　　　　　　一旦做出了選擇、反應，便是為自己選擇了一種教育　　　　　　　　　孩子的方式。

　　　　　　　　　　　　　　的是聽到　　　　　我最不願聽聞、甚至可以說是令我最不以為然父母說：「我們小時候還不是這樣？我們還不